U0164255

有情風景

陳德錦 著

匯智出版

心眼有情，風景常在
——自序

　　《有情風景》選入了詩作五十餘首，是繼《疑問》
（2004）後第五本個人詩集。兩部詩集相隔十五年，
比《疑問》和《秋橘》（1995）相隔九年還長。十五年
得詩不到百首，看來是「減產」了。

　　這十多年的上半葉，教學工作猶如駱駝背着包
裹，緩行而沉重，閒來還兼寫散文和小說。後半葉
工作量大減，但個人生活也有了轉變。青壯之年不
知不覺步入了中年，聽到的、看到的，有感而作，
輕快的語調越漸疏遠，沉緩的語調日趨濃重。這是
否代表創作力衰退，所謂夕陽雖好，總近黃昏？

　　我不輕信如是。的確，我不像前集那樣常作具
體的主題營造，反之多用偶然觸及的事態為敍述，
以一隅之景或一時之感導引全篇，有時甚至以散文
化的口語直白。詩是自然，有其綿延變化的生命，
需要貼近心智去體會和發現。詩也是故事，具有故
事特定的氛圍、色彩、情理、多層次的題旨，甚至
我們操控的語言文字也有它自身的能量。然而，詩
不可能是語言文字的「自動書寫」，詩人能措手足的

（或所謂「煉字」「煉意」），正是全力去展現或暗示詩的自然生命力以及故事的脈絡。我不會否定「河在我身體裏游動」這喻意和它的創造，但我更需了解當「我在河裏游動」時我的座標和流向。不論是「詩寫我」或「我寫詩」，詩，總是前提，而不獨是年齡。但年齡與心境、詩境相合，也是不必逃避的事實。

本集分為四卷，每卷各有重心：「世間情」一卷以特定人物、事件、世態為對象。或回顧天災，或憶思椿萱，或即興寫意，在預設的情境界限中把握更多新感受和新發現。即使在〈細雨十四行〉之類先有「主題」的詩中，我仍加插不少即目描寫。我重申，我所理解的「主題」，是指結構和感受上的整體鎔裁，而非理念先行、情緒淡薄、意象浮泛的概念寫作。

「水土誌」以本土自然景物為對象，或抒情，或寄託，或議論。特別的地理景觀是感受的來源，但間或也有淡化地理特徵的「寫意」之作。有論者說我的心意是與景物「互生對應」，回顧這三十多年的創作，由第一本詩集到本集，逐首檢視，此說可謂毫不誇張。

「弦外音」由音樂、繪畫、文藝作品所引發的聯

想，往往扣住創作者相關的人生片段着墨。藝術創造的結果是美感和喜悅，但就其過程而言，則往往伴隨苦澀和哀愁。這一輯詩作與我從前同類的「藝術對話」有所差異者可能就是這一分界。其中兩首運用了「散文詩」的形式，不但過往詩集從未收錄過，也甚少試作。散文詩的詩質應是作品意味所在，猶如茶質之於茶葉，而分段不分行的形式是它選擇的載體，猶如茶碗之於茶湯。詩的特質不應與散文雷同。假如我要寫一篇名為〈運河旁的書法家〉的散文，我不會再用這種筆法。

「浮想錄」二十首主要是即興抒寫，着意於率直意向的傳遞。詩作以十六行四節為體式，押韻變化不一，嘗試重新展示韻律與口語相融的詩歌傳統。過往，我對新詩格律化有所懷疑，尤其面對一些空有格律而無詩質之作。其實格律和詩質能同時擴充和加深詩歌的記憶，只要彼此相融，則可產生更大效果，達到了格律詩的審美高度。

這十多年裏，世界發生了很多事情，藝術上的舊典範似乎已難用以掌握變化中的世界。在詩歌的鼓動力還不如一句政治口號或臉書帖子的時代，要讓文學——詩歌為其一端——再次與我們血脈相關，確實不易。但不妨反思一百年前，當新詩像嬰

兒般剛從時代的搖籃醒來時，前行詩人那種掩不住青澀、卻能衝破禁忌的心志，於短短二三十年即已取得明顯的成績。那時的社會條件還不如現在，目前的困阻就不必過慮。典範，可用作參照，也會成為橫亙於前路的障礙。真正有為的詩人，是能將路障變成路標，讓詩的前路指向更遼闊的空間。至於題材是否「涉及現實反映人生」，從前集到此集，歷歷在目，讀者可親自體味，不必我夫子自道。我覺得，泛政治表態的詩，寫或不寫是個人取向，不能勉強，而是否心口對應也難以驗證。

我在第二本詩集《如果時間可以》（1992）許下再寫詩十五年和三十年的承諾，十五年已過去多時，而三十年的承諾不過尚有三數年便兌現。能支撐我抵達不過是「風景」還在，以「有情」的心眼與之對應吧。

目錄

卷四　浮想錄

| 卷一 |

世間情

當警報再來時

當警報再來時，我應該
倉皇地跑到野外，不再相信
背後這幢房子能夠屹立不倒；
還是假裝聽不見
門鈴的呼叫、雜沓的腳步，
鄰居的謠言已變成喧囂？

當遠山的樹木不斷搖晃，
我應該坐在我一手建造的安樂窩裏，
用多年培育的感情，把家具瀏覽一遍，
撿拾藏書，以及相片裏永不褪色的微笑，
還是扶老攜幼，奔逃於
快將傾塌的梯級之間？

我應該等待，讓地脈靜止下來，
不再震動，同孩子繼續未完成的遊戲；
還是像一隻受驚的獵物，不畏荊棘，
追隨蟲豸逃跑的方向？我應該相信：
當拯救者在瓦礫中發現我，滿面灰塵，

安詳地睡去，就是我完整的身世？

也許，我甘願背叛美好的回憶，
跨過倒下的樑木，向瓦礫中的肢體告別，
跨過深溝和堰塞湖，抹掉額上的汗水和皺紋；
在一個抵受不了寒流的帳篷外面，
點起篝火，同四野的村民一起
無奈地交換着災後的慰問。

而我將怎樣尋找幼小的兒女，
在貼滿壁報的課室、在陽光明媚的操場，
在公園、車站、圖書館，把他們
從地獄的邊緣搶奪過來，像瘋子
搶奪他心中的寶物；讓他們離棄友伴，
加入我顛沛流離的命運？

當警報再來時，
瞬息之間，
我應該逃亡，
還是靜候警報停止？
我應該閉目，還是緊緊盯着
黑暗中通向荒野的亮光？

這一天，你匆匆而去

自你匆匆去後，你身邊的一切
再沒有更大的變化；上班的鐘點、
車程、堆積如山的作業、信件、
臉孔和話聲，你已不用掛念。
記事本在這一天停止塗改，
當風的一棵大樹仍綠透窗框，
白鷺低飛在濕地尋找舊跡，
冬日已盡，野地無霜。

幾件白色的襯衫早已晾乾，
像喪失了軀幹，在風裏搖擺。
外衣、鞋子、被枕都放回原處，
也漸漸失去用者的關懷。
這一切回復物質的本性，
卻似被隨意擺放，棄置一隅。
紙上幾行筆跡從此失去了書寫者，
往日的照像失去時間的焦距。

「那些有趣的話題不再有趣，

只因他離開了，不在微笑和聆聽？
為何，這本來狹小的房子
有一種不斷生長的寂靜？
當我們確知他喝過生命之杯，
卻感到死亡潛入自己的骨髓？
就是這生存中的死亡使塵世變得虛幻，
使我們欣羨一片墓草的葳蕤？」

「何以我必須在這時離去，」你說，
「當兒女的擁抱剛暖透我冷淡的年華？
有甚麼在另一頭迎接我，使我甘於安睡，
像我此刻閉目聽鳥，張眼看花？
從沒有懷疑童年，童年的淚與笑，
如今在一張沒有題目的白紙上不戰而退。
荒誕的未來！不可能再去回顧
那些造得好造不好的，沙上的堡壘……」

「還有不能趕赴的約會。那些
不斷堆積的沙，晝夜不息的潮汐。
在病榻上他打算伸手抹掉
玻璃窗上令景物模糊的雨漬。
這一切難道不是我們的虧欠，

對一個仍懷着勇氣活下去的人？
曾經相信生存是問題卻可以回答，
相信一朵雛菊可以在石縫裏扎根。」

自你去後，這一切改變你看不見：
走了一半的路成為完整的路；
道旁的大樹曾搖動綠葉嘲笑你的花髮，
你不再衰頹，大樹卻在躲避風雨。
那些曾扶持你但同樣無力的人，
都放下重擔，開始新的生活。
你的臉容在他們心裏燃亮又熄滅，
一點燭光，給更明亮的白日淹沒。

再沒有一個活着的你訴説過去，
更多的照像由別人論定平生。
這一天你彷彿突然休假，遁入山中，
沒有人看見你彳亍的背影。
在你上班的鐘點有人讀報看錶，
你慣坐的車上一個男孩佔了你的座位，
你的辦公桌搬走了，不再有人凝望綠窗，
你回家的路上有人徹夜未歸。

終站

是我把鐵閘狠狠關上。

鏽蝕的軌道拉出一陣刺耳的尖聲，

像一節車卡失去動力駛進終站，

把熱鬧的世界鮮艷的色彩拒諸門外。

父親的工場不容許

玩具模型車在玻璃櫃上來去滾動。

這裏不能說故事也沒有人講故事，

貨品排列得井井有條像課室的桌椅；

閣樓的試衣室狹窄翳熱，

但總有人買到襯衫或毛衫滿意地離去。

我知道他們付出的金錢減去成本

能換成麵包和我手中的鋼筆。

馬路上長年的煙塵把這裏薰得一片漆黑，

找不到漫畫卻只有報紙和帳簿，

無法抹出一點光亮讓我挽留昔日的時間，

卻在潔白的衣物上印上黑色的指紋。

我知道父親也不喜愛這地方，

有時刻意到茶樓沏一壺普洱吃一些點心，

中年以後不願走路還添了一頭花髮，

只有一個模糊的理由叫他不願停止工作。

一部不能自動煞停的機車仍不斷加煤，

偶然靠站休歇明天又上路。

但這一次你不必再出發，

不用重複拉動鐵閘讓它發出刺耳的尖聲。

是我最後把笨重的閘門緊鎖，

這店子是你所創造的，不可以比你活得更久，

你珍惜的一切已進入內心深處，

殘餘的磚瓦搭不成記憶的支架。

在時間裏活過的，總能夠讓人忘懷：

那些不能復修的模型玩具，

記在帳簿上的數字、曾經流行的服飾，

那些穿新衣的迎接新年的笑臉，

就像灰塵那樣給一陣清風吹散：

最真實的東西，本來就沒有固定的形貌。

空城

護士走近你，正當心電儀

呈現一條不再跳動的白線；

她按一下機件，不太相信

你終於能夠操縱這機器，

不再給喉管綑綁，用針管撐身體。

你像昨天那樣側睡，抬頭

可以看見方正的天花、寬闊的窗，

以及藍天的一角。　許多年前

你也常常面向一座方城，

我站在你身旁，一如現在，

霹靂啪啦，戰聲在黃昏延續，

城牆拆了又砌砌了又拆，

一天的閒話在牌章上碰碰撞撞，

就成為圓融的人生。

這玩意還能醫治記憶退化，

幾天前你便忽然叫起來：

「手錶不見了，魚粥淡而無味⋯⋯」

你的白髮也不見生長。

也許這只是一種迷信，

9

一座空城怎能夠築起記憶？

多少戰友，曾和你一起攻城略地，

都已先後離去；而這一次，

我不能在你身邊，陪你走過

一個出入生死的迷陣。

這麼多年來，我也被困於一個方陣裏，

一個多面的舞台、一種多重的角色，

學着攻守的戰略，當西風壓倒東風，

南方是險嶺，只能敗走北陲。

而這一天，你已不在我身邊，

也許你剛走過一道橋，回望彼岸，

看見我也躺成一個老人，

盯着天花（怎麼天也花了），

沒有誰可依恃，教我退守之道，

沒有誰再問我憂愁的重量，

即使用一句輕輕的話，

輕如你的眼神、遠去的背影……

護士去了又來，拍拍你的手臂，

好像不放心你已棄守那空城，

怕你聽不到，響亮地說：

「婆婆，我來替你穿衣服。」

水孔

那一年暮春，
飛絮帶雨，飄下
攀枝花的精靈，
落在冷冷的石板上；
牆外笑聲漸遠，
一個女孩搖着摺扇
走過，走進大宅，
不見了；暗香飄抹
琉璃通花的漏窗。

那年夏至，雷聲
在夢鄉翻騰如浪；
雨水自簷瓦滴溜，
灰雲，是毫鋒
濡染着天和地，
而愁思是一串
蠅頭小字，線裝於
枕邊，當苔痕
漫過石階成蒼綠。

那一年嚴冬

落下最後一片枯葉，

流水不再經過

這空洞的方圓，

荒涼的天井

枯待一鈎新月。

被困的麻雀

屋角沒有洞，
輸水管也不是樹幹，
你進來的時候，
那道窄門還沒有關上。

不單因為你是鳥，
不慣以爬行來尋索
一列階梯，它繞着彎
伸向險要的角落。

昨天一個老年人
上樓時把腿子摔傷，
一個孩子紅着臉喘氣，
夢想像鷹隼般飛翔。

你慣於俯視帶來
不自覺的冷眼：
他們奮力攀上
一個看得更遠的空間。

也許是透明的窗子，

在裏面有人歌唱着今生；

他們或許懂得鳥語，

不容許你秘密偷聽？

迷宮也能綑綁羽翼，

即使你銜着彩帶認路；

你在幽暗中等待亮光

雕刻一棵不能飛近的樹。

基督教墳場

曾經，他有一個教名，
任職船長、醫生或牧師；
曾經，她有一段在世的日子，
穿厚重的花裙飄洋到東方，
兒子，活了三歲。

在城牆之北、關閘之南，
當傷寒和肺結核
還未進入實驗室的年代，
他們用沉默
躺成一塊接一塊的墓碑。

城牆如今是殘垣，
關閘開放為雙語的景點：
旅客自由進出，
膚色不用報關，
購物消閒，不分國界。

園內幾株雞蛋花

搖着鹿角一樣的新枝。

微陽之後是細雨，

墓草綠成一片海，

浮起了一個空酒瓶。

後記：基督教墳場在白鴿巢公園側，為十九世紀來華新教徒的葬地。當時澳門天主教徒不願新教徒葬於舊城城牆之內，中國人亦不許外國人埋於關閘以北，後由東印度公司在城牆與關閘之間覓地為墓園，安葬來自歐洲的新教徒。園內最有名的墓主是畫家錢納利和傳教士馬禮遜。

雨中，在行人天橋上遙望維園

I

好多年以後，你像一個旅人

隔着強化玻璃看這片橄欖色的土地

雨點，像無數鳥嘴垂下來

把心中殘餘的泥濘啄去

記憶，留下一個逐漸擴大的水窪

II

檸檬桉，木麻黃，修造公園的

用更多樹冠，把率直的小路掩藏

狹小的園囿積聚更多的暑氣

任吉貝樹獨在外圍承受側風

好遮掩城裏人的汗顏

III

而交通像一條粗繩把邊緣收緊

它有時會吐納，像心肺張開

讓遠離家務的傭工坐下來講述故鄉

年輕的學人考證歷史，從圖書館出來

走近那還沒有搬走的銅像

IV

是哪年、哪日，你已忘記重新去看

去說清楚這一塊不感到親切的土地？

眼前這一刹那，方寸之間

已不同於先前，也不屬於以後

你的視線像一隻鵲鴝

掛在一棵豔紫荊的枝頭

V

也許，只要心底發出一聲抗拒

堅定如雷鳴，時光的蹺蹺板便失去平衡

讓過去的一邊沉沉下墜，另一邊把你提升

你是蝴蝶，鳥影，風箏的線軸

跟所有年輕的事物相似

不用再靜候，像避風港一葉輕舟

有情風景

戀愛巷

一邊的牆壁塗成粉紅，
你說是經過裝飾的夢。

一邊的綠窗總緊閉着，
你說是永不公開的秘密。

藍天一線，你的手臂以及
我的手臂，不能再短的距離。

兩個房子，相隔一條碎石路，
這樣不平坦，濕滑而且傾斜。

看不見你在樓頭，
心裏就亂成碎石。

看見你站在窗前，
誰還留戀街外的燈火？

即使燈下的身影楚楚，

我有更難忘的旖旎。

戀愛中的人忘掉戀愛巷，

心裏的小巷最長最曲折。

三盞燈

落日在西邊溜走時仍瞪着倦眼

注視這一塊環形廣場。

相約在這兒話別，沒稜沒角的

話題，沒草也沒樹的閒蕩。

天快黑了，只盼望有一盞燈

在你心裏亮起，伴着你渡過風和浪。

也打着另一盞燈，海水一般純淨，

洗刷你衣上的纖塵，叫你眼睛雪亮。

以及路上那一盞，守時而堅定，

當你過路時，指引車輛行走的方向。

不能不離去，縱使這麼多年，

你的背影，都像走近聖安多尼堂。

還有高高的一盞在燈柱上微明，
彷彿，是沙梨頭舊時的月光。

二龍喉公園

不知幾時，對你的思念就像山泉慢慢枯竭，
這裏就變成沒夢的荒郊——

容易迷路，有野獸出沒，樹木特別陰森。
誆騙你只為了更接近你，勝似以書信連繫

相隔兩地的思念。我想像一個能夠逃生的
出口，緊握你手前行，但你搖着頭

說聽不到泉聲，只見一隻蝴蝶，誤了花期，
飛到長椅上，那裏有一個淺寐的人

快將老去，像我一樣，在斷斷續續的夢中
走進空無一物，寓言一樣的花園。即使

那裏風在吼，夜梟在叫，你會聽到泉水
汩汩細流，直至我的心血枯乾。

世
間
情

琵嘴鴨

攀上木屋的高層，

朝向濕地的一排窗口已坐滿了觀鳥者，

兩手緊握攝影機，鏡頭長而闊，

一動不動，像戍守在槍眼旁的哨兵

緊張地盯着遠方移動的物體——

嚓咔嚓咔嚓咔，連環的快拍，

通過這魔鏡，鎖定對方的行踪，

在小屋裏交換情報：

「一群鸕鷀在樹上日光浴，

一頭池鷺叼着自己的影子……」

窘立一角，我看不見這些生態奇觀，

我不是愛好攜帶笨重工具的搜奇者，

只靠腦子去想像，說來愧對

造物者：不能宣稱我的心像更美，

更接近自然的本意，在這個

器械準確度勝於一切的年代。

有人離開小屋，剩下一架望遠鏡；

我把眼睛湊近，只見一片白茫茫，

一片水汪汪；在蘆葦密集的對岸

鴉雀無聲，夕陽在水面臥成一束亮光。
我不應着急去抱怨觀鳥者延續
他們的讚歎如同自閉於虛擬的領域，
最後，無聲中彷彿有聲——
一隻琵嘴鴨，翻掌，碧綠其身，
它的伴侶在蘆葦間追隨，灰褐其羽翼，
搖着短頸，用鼻尖探測水面的浮游物，
滿足於一片淺淺的魚塘，忘記了
作業、嬉遊、愛情和信仰的分別。
我微調鏡頭，輕得像在顯微鏡下
注視剛發現的一種微生物，
誰叫它們顯現在我眼底，
讓腦海豁出一片空白來容納它們？

走下觀鳥屋，我驚覺這片空白
寫下了這對水鳥跟我的差異：
不是鏡頭之間的距離，不是
彼此毫不相似的形體，而是
生活的態度和實踐的方法；
相比於打算用語言去描述這差別
卻始終無語的我，琵嘴鴨
掌握得更快，更準，也更深。

細雨十四行

細雨飄飄是去歲嚴冬的輓歌，
推土機啃開一層厚硬的水泥，
物色衰減門前花草不再茂密，
理念的池塘枯候着一莖風荷。
須臾間萬千鴉雀在頭上飛過，
行人路險隘似仍看不見高空；
樂觀地打傘那管瓢潑如山洪，
何患不能放舟於湍急的小河？
用沉潛的美滋潤幼嫩的草苗，
浮塵在大氣中比在眼底舒泰。
榮枯有時似朝開暮落的槿瓣，
絆了一腳以後便站穩成路標。
此際回頭再踏上起步的台階，
身上的灰塵對映樸素的衣衫。

極目十四行

跨過世紀的荒郊我停下來歇足，
馬路盡頭一棵樹在草叢中兀立；
出水的芙蕖在心頭蕩漾又隱蔽，
郊野一陣鴉噪浮起了一片薄暮。
時有急風吹過林梢帶走了宿雨，
極目處一隻灰鳥繞樹上下蹦躂，
目倦之際想像紅霞蘸染着天邊，
不走上這山頭不知道已無前路。
堪將這殘餘的景色寫進詩卷裏，
人跡渺然仰見星光微芒的照耀，
事實豈非鎂燈氾濫在污染月桂？
日落或黃昏才是最完美的收筆；
蕭蕭風雨荒郊只剩下一隻鷓鳥，
條陳滿腹的哀怨向世紀的邊陲。

聖淘沙，亞洲最南端的陸地

這是盡頭

這是海浪畫下的邊界

花岡岩給潮汐

鑽開耳洞的地方

這是極地，是伊甸

一百個男女穿紅白色制服

在人造的沙灘

跳未完的健體舞

躺臥的比堅尼

用書本蓋住臉孔的一半

閱讀棕櫚的陰影

凌空的吊橋搖晃着伸向赤道

貨櫃船遠離了岸邊像海市

一張空椅憑欄

風穿過它塑料的身體

這是盡頭

這是海浪畫下的邊界

黃昏緊貼着額角

熾熱得像一則廣告

就這樣你再聽不到

冰川在世界屋脊上

碎裂，融化，流向大洋

音羽之瀑
——京都清水寺閒坐

宇治綠茶把桌上的刨冰

染成一座青翠的山峰

盤腿而坐遙望音羽之瀑

涓涓流出一絲又一絲泉水

流泉不斷，一如凡塵的思慮

從混混沌沌的源頭而來

流到一方小池，無調卻似沉吟

仍將流向不可挹注的低谷

而每道泉水你只可淺呷一口

添加今生的成就，愛情或年歲

有限的甘甜中嘗盡滋味

但多喝減半，兼飲更無福消受

情多命蹇，或無愛及身 ——

坐在茶屋裏遙望日光之下

遊人魚貫伸出長柄的杓子

勺取一點不可企及的幸福

而面前綠茶的青山快將傾頹

彷彿心裏一個清涼國

也終在長夏的山中融化

就讓槭樹搖着深秋的紅葉

幽咽的泉聲牽住了記憶

這一生中的一天，一刹那

我只閉目求取：

簷外一絲昔在永在的清風

日晷
——公園素描

孤零零的拐杖

站在陽光下

卻已像日晷

影子繞了半圈

一個小孩好奇地

抓住杖頭

搖啊搖的

彷彿撐着一枝槳

要把小船搖到天邊

長椅上那老人

依然閉上眼睛

他看見了

自己的童年

波光

長年茂密的林枝

屏風一樣擋住

園子大大小小的風景

直到陽光從山外爬過來

一束金色的百合匙

打開無數的鎖孔

在一片暗沉如海的綠地上

傾瀉生命的波光

| 卷二 |

水土誌

雨中坪洲

兩團相連的翠嶺

是一隻記憶枕

承托你疲累的肩椎。

季候風吹進東灣，

像一匹冷風機

把雨點撒向你的傘子；

記起甚麼呢？

一句耳語，輕輕

替風去梳理

一襲長長的烏絲。

過南坑排古道

仿效前人腳步
密密穿行……
一條灰線在林間
蜿蜒升降，縱然幽僻，
尋找它年輕的歲月，
得把繡滿地衣的土石
縫成一痕山色。

一條沒人選擇的路，
它的童年飄遠了。
白日穿透林木，
曾是微寒的晨曦
喚醒一隻布穀，
曾是黃昏的餘爐
焙香一地金稻。

蕉田旁邊一隻村狗
再吠不出人影。
一輛腳踏車

從村口切入小路，

把沉沉的暮色，

拉鍊一樣，

拉到山嶺的邊陲。

過青山寺

有這樣一個戲弄山水的人把木杯

從袖裏拿出來擲向海中就變成船,

用葫蘆載酒,舌尖上滿是瘋話,

把嚼爛的雞骨吐向沒有烏鴉的月夜,

踹過白泥的腳掌掃抹禪房的蒲團。

堆填區硬吞着一代人的廚餘和煩惱,

失魂落魄的軀體在輕鐵的車廂裏搖晃,

有這樣一個戲弄山水的人,當高壓電線

在他頭上織網,跳到木杯裏大笑,

笑成山風,把破衣揚起,作一面出海的帆。

後記:傳說杯渡禪師曾住屯門青山寺,《杯渡傳》載其
身懷木杯,取之置水上成舟,不假風棹而能疾行。

橋咀沙洲

本是同根相連的兩個山丘，

一條狹窄的水道攔腰分隔；

一億年了，只能彼此凝望，

把凝望化為兩顆海上的翡翠。

脈脈深情召喚着細沙和碎石，

在巨浪和暗湍中架起一道橋。

潮來，兩岸之間深不見底，

潮退，一道沙洲浮出水面，

彎彎的，不再是牛郎和織女

在上面走過，是寄生蟹，

海參和花魚，在紫外光下沐浴；

是一群遠足的老幼，不畏烈日，

用肉眼用鏡頭，盯緊每一塊石子，

只為發現一點點結晶

誕生於白堊紀一場火山的噴爆；

溶岩如雹傾落於大海，

冷卻成一塊塊堅貞的巨石，

風侵雨蝕留下深深的紋理，

像苦候潮汐者衰老的面容，

盼望終有一天兩島相連。

而黃昏來時，海水會聯同黑夜

偷偷淹過沙洲，一切石精和石靈

都給柔波深深掩藏，

彷彿這兒從來沒有一道橋

把兩個小島暗中締結；

一隻回航的街渡

搖搖地駛過，載去暮色，

駛入西貢的燈火。

註：香港西貢的橋咀洲與其鄰近小島，有一沙洲相連，潮漲時則被海水所淹。島上火山岩積聚，是香港地質公園景點之一。

更樓石

那一聲火山噴爆，如銅鑼敲響，
由白堊紀傳來，餘音落在
一塊頁岩上，給巨浪削平，
這層層干支和年號也說不盡的
歲月，疊起，疊成一座更樓。

誰曾守在樓頭，朝看日出，
夜觀魚躍？在歷史這一頭靜聽
五更鼓角散入晚來的潮汐？
是否，你眼前有一隊兵馬渡江，
擁旗簇旌，樓船相繫，千帆並舉？

最後的王朝剩下一村盤菜，
報更人離去，留下更樓獨對青嶂，
渡頭從孤島伸入滄海，
一枝敲不出聲響的鼓槌
撫平暗湧，讓守候成為永恆。

頸瘦，皆裂；你看不見

這一頁歷史，而喧笑來自遊客，

豎起勝利的手指成功登陸；

石上已沒有腳迹，偶爾

一隻倦飛的蒼鷺在水面徘徊。

註：更樓石在東坪洲。

大帽山上的浮雲

認定這條小徑上山，

很多記得與不記得的草坪和岩石，

很多聽到或聽不到的泉水的嗚咽，

都無阻於一次重新的出發，

像黃牛忘掉曾經俯臥的濃蔭，

為追尋嫩綠而走入隱蔽；

這樣的高度不用再高蹈，

不必再把連綿的山勢

看作自我歲月的層積，

西邊的城和南面的海

都不是冀望能逃脫的紅塵；

唯一可以肯定是更接近移動的雲，

彷彿伸手可及卻又不可碰觸，

當它撒開灰網，網住了白日，

不管站在甚麼地方都會帶來

一陣寒風，凜凜刺骨。

赤鱲角出土繩紋夾砂陶罐

寬口，圓身，

像魚嘴子微微張開，

飲盡了過路灣的清溪；

曾昂首於水平線上，

咬住了六千年前

一輪初升的旭日；

天精地華彷彿都收進

你滿滿的腰腹中。

石器時代的一個陶嬰，

遨遊於時間之外，

經幽厲、歷秦火，

遷界百里遷不走你的原籍。

寄養在南方的海角，

茅舍裏不顯眼的擺設，

泰然自若地坐着，

坐成一尊海神，

聽風聽浪，聽王朝的興敗

如沙塵飛揚沉降；

最後讓時間佔領一切，

在你粗糙的身軀上

烙印一道光環，

恰似當年一個村姑，

用磨鈍的石針

修織一張魚網，

織成一灘燦爛的黃昏。

而年深日久，

一群鼠賊把你擠下來，

從時光的高處墜下，

崩裂為七洲五洋；

每一塊出土的碎片

都叫觀者膽顫心驚：

裂縫銜接處，

一波滔天的海嘯由此誕生。

虎地村的大樹

樹根埋在路下讓樹幹斜出

向上張開層層的枝葉

要是再來一場風雨

鬆軟的泥土會隨它下墜坑谷

看來還能挺住一段日子

緊緊抓住的泥土形成了路

濃蔭幽深得教人畏懼

腳步遠離這清涼的處所

很久以前有人經過這裏

再沒有其他路徑可走了

於是在上面掃除雜樹

磨平了崎嶇的石頭

此後得到往來的便利

打水、耕種、運送柴枝

相信樹根不會歪倒

能承托重複來去的腳步

而樹就成為 —— 我們的路

鋪上水泥加固結構

這張向上擴展的網

已化作一片永遠的風景

溜到小溪的人看不見路面

仰望時著慌地想

也許風雨和蟲蟻還要威脅

這一直靠在路旁的大樹

後記：遊屯門虎地、藍地水塘後作。

藍地水塘

藏於山裏的綠不會衰老

白天是一泓翡翠，黃昏

是鬱青。夕陽的眼睛

帶着倦意半開半閉

隱埋時光飛逝的消息

透露夜色將臨的奧秘

礦場已停止了鑽探

巨大的岩層袒露時間的鑿痕

有一道山徑爬滿了野蕨

但沒有印上你的腳跡

也從沒向你承諾花果鮮美

要是你攀上石階

瞬息之間天空一片灰濛濛

你可以走過堤壩

像邊走邊笑的遊人享受過笑聲

回到下山的小路

而湖還是湖，只着意貯存

自身的清湛和明澈

把沖洗過的倒影還給鳥和樹

成為水源便要忍受乾旱

以涓以滴解救城裏的枯涸

當你聽到喉頭的乾裂

潺潺的水聲不再是笑聲

二十年時光可把少年催老

可把潭水淘成淺濁的溝壑

二十年後走近湖邊

前身已如礦石星散不存

一面明鏡不再挽住你的倒影

餘生將如背後的落日

把頭髮漂得更白更灰

卻不過是黃金的眼睛輕輕一閉

完成一次神秘的啟示

時光磊磊落落，把你掬於掌心

一線水流流轉於胸中的塊壘

你這樣離開湖心走進內心

——礦場在你耳邊

傳來陣陣開採的聲音

但誰將徜徉湖畔

誰的黑髮在風中飄拂

已不再是你的故事

後記：藍地水塘，在屯門虎地村，嶺南大學東面，附近有石礦場，清湛可比湖泊。1995 年我在新校址教書，辦公室窗外可望到掩藏着水塘的樹林。離校數載，今始登臨。

社壇

翻飛的紙錢預感一場蝴蝶風暴，
灰燼冉冉升上高空不再有顏色；
合十敬拜只是旁觀他人的痛苦，
黑天鵝快要降臨這荒涸的沼澤。

隨便站立的神祇還等候着差遣，
要把玻璃幕牆變作瓊樓在天際；
天眼的鏡頭日夕緊盯這方社稷，
流奶與蜜的土地給榨乾了涓滴。

釘在路旁這骨節眼是誰的邊界，
能夠避開推土機的咆哮和利螯？
當飛灰落在你心裏僅有的綠土，
壇前啞掉的獅子化為一塊頑石。

草木賦

鐵芒萁

比樟樹和馬尾松更早

落腳於山徑，拒絕開花

卻匍匐緩行，咀嚼時間

一簇綠色的星體

芒角尖尖，移動着

迅速佔領這山谷的黑夜

當野火燒盡了草根

留下鐵芒萁迎向天空

一片新葉冒出，奮力

像一隻伸出的拳頭

展布着羽葉，又像琴首

牢牢拉住一束弦栓

但四野無聲——

叫走過的人懍然想起

在巨龍盤桓的年代

你已主宰了森林

楓香

不要高攀枝頭看我開花結果

硬殼和敗卉會刺傷你柔弱的明眸

要是錯過賞玩的季節

且聽我在秋風窸窣中沉吟

且舉頭，仰望，我的血液

正抵抗地心吸力，向上騰升

充塞於每條微細血管

你的臉，葉脈的頂端

看，也快將泛起紅暈

藍花楹

一張紫地毯帶你走入時間的夾道

迷藍的雨霧是童話的封面

薰衣草的濕潤和柔軟

落在你的斗篷上，便成為

一襲更純潔更高貴的絲絹

飄起，迎着幽谷裏的風

你胯下四蹄輕輕踏進

這夢境的窄門，故事

鎖在小屋一個閣樓上

荷花玉蘭

不長在淺水但生於喬木

離開混濁的泥塘，不羨彩蝶

在繁花中亂舞，把皓潔和清香

藏於深綠裏，當秋風

把泥塘吹成一池枯荷

嘆惜的目光都遠去

一片花飛，黃昏時落在地上

路人偶爾仰望，樹上風勢正急

不堪回首，撲面是滾滾紅塵

桂花

桂花沒有被過濾

沒有被編成冠冕

走進緩步者的呼吸裏

走進他肺葉最深的支脈

像一枝箭，命中了

城市腫瘤的標靶

桂花沒有成為清新劑

它撞擊一道無形的牆

喑啞了，和霧霾、二噁英

為春來的大地施行化療

繳楊

似木槿而黃花，獨立

在尖東商業區的路旁

旅遊車的反光玻璃

把瞬息的影像傳上雲端

那裏，一定有一對眼睛

看見你無所事事的孤單

不在防風林守夜

不在印度洋敲響風暴

微微屈曲着枝柯

像一個塔希堤女子

托腮，一朵鮮花簪在髮上

夢醒了，不知人間何世

曼陀羅

小號手吹罷晨歌

金鈴子一隻又一隻

倒掛在一簇綠波上

藤蔓為下一場舞蹈

鋪好了軟地氈

穿黃裙的小仙子

快展開迴旋的舞步

曼陀羅，曼陀羅

把舞裙旋成一朵

小時候在萬花筒中

看醉了眼的

千瓣仙桃

薜荔

曾見你

用時光算不出的微步

沿着土坡攀爬

比懸鈴花更有耐性

繞着一棵大樹

攀爬到高處

在霧裏聽風的歌

樹在你的圍抱中熟睡

這冬季，澗水清寒

迎向陽光的澗石

也在等着，等你

為它披一張綠坎肩

大葉紫薇

扔下了一地蒴果

膠住路人的鞋底

走不動了

就讓身邊這紫衫姑娘

更顯丰姿

索性站成

一株灰樹吧

| 卷三 |

弦外音

一九六八年，
你在巴黎聽肯普夫演奏舒伯特

鈴蘭的清香吹不到的演奏廳，

一架鋼琴在托腮瞌睡。

你進來時只有寂靜在等候。

瞬息間從天而降，這一首小調

歡快而興奮，一組黑鍵追趕着白鍵，

是斯梯爾河的鱒魚

感受到幸福和溫暖，

追趕一片水面的日光？

是急風從山谷奔跑到村舍，

雨水從簷槽灑落在頭上？

你進來時，口中的苦澀未除。

你曾經攪動咖啡匙，嘗試釀起

一團存在主義風暴。

深黑的色澤遺留在杯底，

剩下謎一樣的，零的字符。

提包裏有一張邀請卡，

呼籲你不要上課、趕快上街，

去延續野貓式的遊行。

呼籲學習應在街頭，實踐也一樣，

但你沒有忘記音樂會。

你低頭聽到一點甚麼，

吟遊詩人的憂愁、無力的抗議？

他當年也相信公義、平等、人性的解放？

音樂慢慢形成，形成獨立的生命，

在你心裏，不在琴鍵和指尖。

你低頭，知道要放下一切去迎接，

放下搖滾樂、艾斐爾的陰影、雪鐵龍的咆哮，

放下驕傲和疏離，直至你仰臉說：

我舔着甜甜的雨水；

我是一條溫暖的魚。

放心吧，當你離開演奏廳，

五月的風暴還在你頭頂。

巡遊的地方隱約有鼓聲，

咖啡館的垃圾嗆着了德彪西。

殘留的火燄在洗滌一條車胎，

簇新的號外痛擊可恥的道德。

改變世界不在於怎樣去想而在怎樣去做。

當罷工和罷課的理由變得充分，

陽光涎着臉嘲笑牆上仿製的塞尚，

很多波娃和沙特在路上訂定戀愛的年期。

憂鬱遠去，

世界回復平靜。

這裏不再有河水、琴聲，

甚至肯普夫的白髮。

一百五十年過去，

那時音樂家還很窮，

死於醫不好的傷寒，

不快樂的時間不算長，

為了房子和食物，

要作很多好聽的歌曲。

夜聽馬勒

大地也有聽覺：它要判斷

塵世的感傷如何回響蒼穹，

這聲響能否留存永久，

不隨個人的悲哀消失於風中。

此刻窗外已沒有霧，

四圍的山丘披上灰衣，

踮起腳跟，不安的幽靈

在飄浮，彷彿回答你的囑咐，

預演一幕送葬的行列。

風在嗚咽，牛鈴遠去，

荒涼侵佔你心裏的土地。

農夫撒下的麥種，

有些生長，更多的死去，

遺下一片敗土和寒冬。

瑪利亞熟睡了吧？

艾瑪呢，她的母親？

童話擱在火爐邊，色彩鮮麗，

未完的故事明天待續；

廚房裏沸水已冷，杯碟無聲。

你夢見的曠野再次出現，

甘願就這樣閉目，悄然離開塵世？

還是，在沒有黎明的夜深，

繼續搖動手臂，大調、小調，

一隊無形的管弦聽你的指揮？

此刻，你耳目倦怠，

一陣狂風吹滅四野的燈火，

把你挾帶到一個深谷；

不是你走近命運，是命運走近你：

天地靜默，沒有雷電、掌聲和鮮花，

漆黑的恐懼昇華為音詩。

一陣初雪，撫慰地上的殘燼，

以整個冬季的寒冷簇擁你。

最後兩三片雪花落下來，

如疲憊的眼睛，俯視樂譜，

輕輕印下

不表示終極的休止符。

深夜奏起的
蕭斯塔科維奇弦樂四重奏

我在哪裏，自然之靈？列寧格勒：整齊的街道，一夜之間消失於坍塌的磚牆中。步操遠去。槍聲遠去。防止空襲的氣球、燃燒彈、救火隊，都遠去了。我看見窗外的景物潔白耀眼，像鋪在病人身上的被子。

樅樹之外是樅樹之外是樹之林、樹之墳。十六根琴弦的顫音，匯聚成一種悲哀，散入冰冷的天空。雪花飄下。純潔溫柔的雪，掩埋了坦克履帶輾出的血痕。

我眼裏出現一個亞麻色頭髮的猶太女孩，在瞬息即滅的燈火裏跳一齣死亡之舞。她已經不在娘子谷。那裏，沒有人再拾起天使遺下的一顆淚珠。

她已成為另一種存在。怎麼我記不起她的笑容？樂譜上排列着密密麻麻的高音，我曾經這樣去追悼那群逝去的靈魂，他們已成為靜默的山川土地。

但我還留在這裏，物質的存在。在這寂寞的天地，

63

幻想用十六根弦線編織一個布幕，像船帆一樣吃着風，載我回到童年的河上。那不在世的女孩，她比我幸福，她已隨音樂飄向另一個地方。

涅瓦河河水停止了哽咽，它給空降的冰雹凍住。我簽好的文件還擱在鋼琴上，給巴赫的頭像監視。一首四重奏的初稿還未改好。這謎一樣的世界，留待不協調的和弦去解釋。

白茫茫的世界，最後的旅程。我在哪裏，在冬天的盡頭？在弦上快將消失的顫音？

運河旁的書法家

這個中午，他在河邊的亭子歇息，河水淹上了拱宸橋的橋眼，他也睏了。

他記起一個春日，一群穿橙色校服的小學生跑來。廣場變成一張九宮格，他拿着大竹截成的筆管，在桶裏蘸水，像小學生那樣勾描。有一天，學生解散了，像一杯橘子汁灑了一地，灑成一大片陽光。

都去了打球吧。他爺爺的爹說，那年頭，漕船載着珍珠一樣的白米駛向北方，分斤掰兩到不了百姓家。他知道有一個說書人，吃着稀粥，醉裏看風箏在天空顛簸。那年雪下得大，說書人穿着薄棉衣，把寫好的稿子送進炭爐去，蜷起身體把自己變成一塊石頭。

那年頭，幾十個縴夫弓着腰把一艘大船拉到對岸。不是船，是宮殿。殿前有牌匾。正大光明。工楷，筆畫少，卻最用氣力，最難寫好。那年頭，美妙的筆墨都吃過朱印，重重的，火紅得像鐵烙一般。

許多年了，他手臂的動脈，連綿到指尖，流着無數

的碑和帖。他的心是源頭，不斷涵養，也不斷流露。人在寫，天在看。天眼偶開覷紅塵。身邊的運河是一條靜脈，貨船載來山煤和海沙，穿過橋眼，走入大地的經絡。

昨夜，他夢見他的筆，舉起來似火炬，揮動時像鼓槌。他的前半生是一頁還未寫好的歷史。快將拿不起筆了，還拖拖拉拉的，像一個清潔工，把下半生的涓埃和亮點都一塊兒抹掉？

他知道城北的人喝茶後會走過來。這個下午連烏雲也沒揮一滴汗。風失去空調的動力，卻把地上的字一筆一筆吹乾。他記得那年頭，大夥兒把筆畫都減去，騰出時間寫一頁新生活。

醒來時，那「月」的一撇已在地上乾掉，像手寫板上消失的線條。舉頭望去，月亮在東邊出現，皎潔得像孩子的臉。

在細雨梧桐下倒唸〈聲聲慢〉

怎一個愁字概括這紛然而至的思緒？

臨安的初夏。難忘的是
一軸少年時代的丹青，
大膽而狂妄，把愛情
用色彩渲染。德甫去後，
所有的畫都變成空白，
所有銅器變成猙獰的怪獸，
所有玉石站立等待成為陪葬品。

那年他還不在畫圖裏，
燭光搖動我們身旁一堆典籍，
我們的生活就是最美的藝術。
德甫去後，他的身影依稀，
我在無數的夢中重繪當年的日子，
不願它像流亡時丟失的書畫和金石，
這麼貴重的記憶，不願
讓流氓撿去發一次國難財。

藝術是我唱起的輓歌。

對了，德甫，這梧桐細雨

雁來風急的黃昏，

我已學會了用一杯淡酒

把自己的意識泡浸在十八歲的日子，

釀造一種微微的瘋狂，

用輕慢的詞調填上

悽悽慘慘的宋體字，

寫下我內心一個王朝的傾覆。

斜陽啊，讓我雙頰回復鮮紅，

一如當年，讓它燒掉

這一綹頑固的情根。

臨安的街道靜下來了，

我的心卻不易安靜。

為何，還像一隻看不見樹林的孤雁，

在淒冷的國度，

尋尋，覓覓？

注：〈聲聲慢〉，李清照詞作。德甫，趙明誠。

陽光的宿命
——題利維坦畫作

我看見太陽，這醒來的巨鯨在海面翻騰後

依着遠山游弋到高天，搖撥一闋春日的前奏。

我看見從城裏來的野餐者舉着葡萄酒杯，

由曬場的白鍵走到屋背的黑鍵，

在一片涼快的陰影上打開白色的鋪蓋。

去年麥子的氣息殘留於穀倉裏面。

我倚門而立，陽光鋒利的小刀子

把頭上的灰髮一一折斷成白髮，

像地平線，折斷一個農夫對土地的凝視：

他每夜看星，從沒想一下

這騰挪得像大魚的星體才是宿命：

黃昏時擱下了一排空虛的房舍，

讓風穿過，讓椋鳥追逐穿過山野，

一束雪花蓮擠掉最後一顆碎冰……

柯布連道羈旅

流落在短短的柯布連道
薩克斯風在我腰間啜泣
奏一段讓聽者思考的藍調
音樂吞噬你午飯的時間

紅彤彤的宮燈點亮了歐化商道
沒有苦力扛着木箱走過汕頭街
一把花傘搖不動春園的樹影
我吹出的故事彷彿帝國夕陽

從雅典的神殿走到孟買
走過貧民窟老鼠為我伴奏
眾籌的旅費能換取一片海浪
我的影子被轟出地鐵站外

沒有人能佔有天國太久
興高采烈演奏自己的感傷
打開的盒子希望收納陽光
這薩克斯風會重現響亮的音色

稀釋風的酸味和雲的暗沉

牽住你無處止泊的眼神

不隨即棄的廢物流入溝渠

讓你全身的動脈連接成街道

淚之瞳
——讀陳慧雯詩集

背載沉重的生活猶如身體長出了一層硬殼，
一根枯枝或一粒海砂卻輕易地把我們擊暈！
無舵之舟，在海水中翻轉，受傷的脈搏在劇跳；
無窗之牢，只求取一點點碳酸鈣去拯救命運。
甚麼時候，體裏就孕育一個種籽大小的空間？
方解石的尖刺密集，抵受着鹽苦和外力侵凌，
讓內在引力調度、打磨，形成自我圓融的機關，
而傷患深處，悲涼的暗灰逐漸透出淬煉的晶瑩；
不是淚，是淚之瞳，人生的美醜要這注目和獨白，
如雪球越滾越厚重，愁念和苦思在內核凝聚，
光滑的外表用以微雕一個警句，抒展暢意的心懷。
像一切被造之物回歸創造者，這珠如泡亦如露，
本質虛空，落入無情的大海，我們也是採蚌人，
不甘徒手而回，讓生存的證據在巨浪中浮沉！

注：陳慧雯，詩人，著有十四行詩集《彷若水晶》。

| 卷四 |

浮想錄

心跳

來自深層的震動，
聽診器總捕捉不到；
四十年後才使我懷疑
這是不是我的心跳？

這一下忐忑的跳躍，
成長的障礙賽不獲通過；
路那麼長，卻沒有人
熱烈地同聲拍和。

憤怒時它暴跳如雷，
雨點一樣的拳頭擊打沙袋；
也許是隱性的心臟病，
早叫肉體全線潰敗。

夢裏我把一顆心掏出來，
卻換來冷眼而非哀痛；
我把這顆心塞回體裏，
它卻在人間繼續跳動。

吾友

我在人海中飄流，像一片浮梗。
你在等車，笑着向我揮揮手；
彷彿夢中被驚醒，我走近你，
在喧囂的路上彼此問候。

車子開走了，我也忘記
緊迫的回家時間。你説要離港，
兒女不會同行，他們快將開學，
你工作的地方不是故鄉。

你的家離我家不遠，多年來
我們相隔一個海；你和我
曾喝過同一瓶酒，還有
連綿夜雨説不完的坎坷。

離別的陰影如黃昏沉重，
是你的眼神惹起我的憂愁，
還是我的愁思使你遲疑？
此去匆匆，又是幾個年頭！

空椅

張開兩臂，好像
要把桌上的文件一抱入懷；
挺直的靠背同時間對立，
讓一個不肯折腰的人坐得舒快。

久久，守住這個不堪風雨的小室，
它疲倦的樣貌反映在鬆塌了的
用密密的針線縫好的軟墊上；
一副骨架帶着懷舊的樣式。

壁上釘牢的字條、桌上的鬧鐘
會牽引它縱橫交錯的視線；
它的眼睛隱藏在物件背後——
給它們秩序，形態，和細微的改變。

它看來穩重，卻渴望一陣清風
把它送上高遠的天空。
不用搖着碎步、繞過曲折的廊道、
走下台階，換取別人的尊崇。

青年

你說一塊麵包又乾又硬，
除非不講體面，否則怎可以入口？
豈知當年我們曾為它饞嘴，
添加一點果醬就變成了奢求。

你說要認定一隻展翅的雁，
追隨它在大海和高空沉浮。
你看不見倦飛的鳥在簷前棲息，
為度過嚴冬的飢寒而憂愁。

「世界忽然沉寂了，」你還指望
有人會為你作歌、傷心、搖頭。
寒傖是別人的冷眼；珍惜你的心，
它的溫熱才是你換得愛的理由。

生活像一對舊皮鞋，不願穿上
卻不能丟棄，走在路上不能停留。
你說要換一對鞋子，但你更要
學懂去喜愛，不管是新是舊。

世貿有感

鄰家的孩子從城裏回來，
滿口稱讚一家連鎖快餐店：
那裏有香脆的薯餅和蘋果批，
有一種汽水喝後叫人懷念。

祖父從前在山上挖土豆，
不知道薯餅是否同一樣東西。
鬼子的飛機在他頭上散播炸彈，
如今富有的同鄉都出國遊歷。

豐收也不能填補空虛的心，
唉，珍珠一般的玉米只得賤售。
真正的農夫不拿補貼，不會
舉拳怒哮，除了揮動鋤頭。

在城裏念書的孩子學會交易，
一個一個銅板去換掉貧苦。
午餐就吃快餐店的漢堡包，
家鄉的番薯變成了掌故。

畢業禮有感

記得畢業那年，要離開學院，
最不能釋懷而去的地方，
不是那經常給我溫飽的食堂，
也不是擱着漆黑大椅給人閒坐的走廊，

是那不算寬大的圖書館，
每一架書都曾經給我撫摸。
有時手指沾滿了灰塵，有時把書
拿到服務台去，即使從沒人讀過。

四年，一千多個早晨和黃昏，
畢業禮穿上一襲黑袍，回望圖書館——
一面反光玻璃折射出變幻的物象，
我曾在裏面，它讓我的眼睛不致受損。

轉頭離開，再看不見裏面的我，
這讓我逍遙放任的書海似是無涯：
前面是路，是車，是燈，
是一個難以讀懂的世界。

詩的邀請

我為你寄出一張邀請卡，
上面沒有寫下日期和地點，
但你要相信自己的能耐，
約定一次同詩歌的會面。

對風說我不動像一塊石頭，
我等候你穿過我的髮端；
帶走的塵土有我生命的一部分，
世界逃不過這樣的流轉。

對喬木說我移動着腳步，
看見閃亮的樹葉千片萬片。
很快我便落下來埋在泥裏，
我也是樹葉，想念嫩綠的華年。

有一些事物看來虛無飄忽，
尋找的過程使人怠倦。
在樹根和泥土之間，你說：
「除了沙礫，聽不到生的呼喊！」

學懂遺忘

過去的美好是心裏所假設，
卻認定為難以忘記的感情。
像老人要抓緊一絲童年，
一樹青果忘不了淅瀝的雨聲。

在苦痛中尋索未盡的歡愉，
憂患將至，哪裏有一刻的安寧？
恰像沙漠風暴中的一塊綠洲，
不過是蜃影，風息後消失於無形。

喝一瓶酒，不要計較它的身世，
每顆葡萄是生活鮮紅的結晶。
不要獨對空杯，慨嘆盛年不再，
萬般艱澀是那釀造的過程。

學懂遺忘，是預留空間去容載
更醇厚的記憶，以血汗釀成。
用一隻光潔的玻璃杯盛滿，
深嘗或淺酌，那才是你的一生。

正午十二時

十分鐘：教師中斷演繹，
匆忙給學生歸納一個結論。
辦公室裏輪值的員工
準備午飯，關掉電腦的終端。

五分鐘：馬會投注站外
博彩者守候在大門。
股票經紀叨念着數字：
怎樣投資可獲取最大的利潤？

「三分鐘！」秒針在倒數，
焦急是一對等候註冊的新人。
「還有一分鐘，日頭快收了！」
陰影裏的樹葉趕忙抖去灰塵。

太陽走到最高點，把光和熱
分給地上的眾生；而我們
卻在人生的分水嶺上嗟嘆：
「逝去那一半日子最繽紛！」

雨後的新葉

大雨過後，花槽一叢開過的杜鵑
隱隱鑽出幼嫩碧綠的葉片；
像幼兒的小齒，冒出一點頭來，
給濃密的老葉圍抱，展露笑臉。

怪好看的，這青葱的新銳
不怕風不怕雨，我想總有一天
要取代枯槁的枝柯，以純美的襯底
去彰顯映山紅爛漫的鮮艷。

走過花槽，卻見一個園藝工人
軋軋地揮動一把巨大的鉸剪，
她把一叢矮樹修葺成流暢的形貌，
大量脆嫩的枝椏卻剪得寸斷。

不應責問工人，她的技術很好，
花圃的圖案修整得幾何一般井然。
應問上天：誰去修剪日頭和雨水
免除大旱、洪荒，這夏日炎炎？

舊日的海

青草的延展，滿眼的綠，
一對修長的木槳悄悄對話；
俯視流動的白雲，扁舟一葉，
溫煦的愛情似珍寶無價。

路燈點起，海翻起一頁波濤，
前面的路總有另一個分岔。
像命運所安排，涉足海濱，
路燈熄滅時，海風送走了盛夏。

少年的獨木舟如箭在弦，
炭爐仍閃跳着零星的火花。
看海的人無復投水的衝動，
昨日的色調在心中凝固，喑啞。

一切已改變了：路，潮汐和風。
海不會蒼老，是我們的年齡在變化。
踏着從前的小路到來不見故人，
天藍如鏡，海是靜止的流霞。

月亮和六便士

美麗的女兒，俊俏的男孩；
晚餐在熟悉的桌布上擺放；
從股票行回來，妻子開門迎接，
足音有點遲疑，像你的思想。

夏夜無風，散步時踩不着月色，
但戰爭沒有毀掉生存的希望：
工業，黃金，市政，自然科學，
還有歌劇的話題和園遊會場。

告別了，這充滿相對意義的世界，
告別文明，你的心飄到南太平洋——
純粹的美的國度，波里尼西亞人
在那裏赤裸地歡愛，衰老和死亡。

辭別的書信不留下一個理由，
反正人人認為是月亮使你瘋狂。
你知道只要拋棄手上那枚硬幣，
宣告破產，你的瘋狂才得到原諒。

注：《月亮和六便士》是英國小說家毛姆（W. Somerset Maugham）的名著。主人公離家出走的故事，是以畫家高更（Paul Gauguin）捨棄文明和家庭生活，到大溪地作畫為藍本。小說題目同情節沒有關連，似寓意虛幻和真實的相對性。

鏡頭和真實

那隻兀鷲好像也懂得
人道救援的意義，
蹲靠在一名蘇丹小童旁邊，
等候他捐出的身體。

它也餓了好幾天，
終於嗅到死亡的氣味。
那些熟悉的腐壞的氣味
在非洲綿延好幾百里。

還有吃馬糞的在呼叫，
喝象尿的脫水而死。
還有母親枯萎的手臂上
喝不下奶水的孩子。

從沒想過自己的鏡頭
可以構造這樣的真實，
當抑鬱把心像擴散成癌，
就讓死亡把它完全銷毀。

後記：朋友在網上傳來十多年前蘇丹饑荒的照片，災情慘重，第一段所描述的是其中一張照片。攝影師Kevin Carter後來因患抑鬱症而自殺。

卷
四

他在速食店寫一首詩

他在速食店用墊紙寫着一首詩，
無法挽救窗前正在西沉的黃昏。
星海更美不是嗎這裏有擠擁的
閃動的文字在商場招徠着人群：
餐牌菜式電玩功能之類而那邊
三五茶客高聲雄辯着頭條新聞，
做戶外調查的大學生忙於研究
供求的關係為都市文化作結論。
這樣坐着他變成一尊裝置雕塑，
社會零餘者無所歸依孑然一身。
如今他要用緩慢來抵消這城市
急劇增長的焦慮和個體的沉淪，
顛簸的聲浪中以文字逆流而上，
緩慢地描述內心的頹唐和艱辛，
夜幕降下緩步走過生命的台階，
時代的幻變讓商場的燈火映襯。

後記：在速食店午膳，打開詩友信函，頗見生活抑挫
之氣。用托盤上的墊紙寫下這首詩。

倒影

黃昏，我拉着女兒的手，走過屋苑的平台。
平台上沒有圍欄的水池倒映着聖誕樹上的燈飾。
池裏一串一串的光點輕微地盪漾，但看來
比池邊杉樹上的燈泡更亮，更帶一點迷離。

女兒還小，不知道倒影和真實的關係；
眼中的一切都有趣和美麗，像簇新的花紙
包裝新穎的禮物。也許她聽得懂簡單的話：
「月亮出來了，你看，它望着你……」

我的話忽然變成喃喃自語，她不再聽得懂：
「小心看燈看醉了會踩到水中，弄濕衣履……」
到她（拉着我的手）要聽我說一些話的年齡，
我怕我會默然，找不到適當的言辭。

同樣是一個冬日的黃昏，聖誕的燈飾依舊，
我們緩步，繞着一個曲折的沒有圍欄的水池。
「你眼中的事物不過是另一種倒影……」
說罷，我努力地編造一些我們之間的故事。

宇宙在膨脹

「地球在縮小，宇宙在膨脹，
星星逐漸暗淡，向漆黑飛馳。
也許要再等二十年、三十年，
星光才慢慢重現於天際。」

那時你也許還是一頭黑髮，
攙扶着一個老人到郊外說故事。
你也長大了，不以青春為傲，
星空的神話不再顯得美麗。

那時，假如我還在你身旁，
我必已半盲，手杖支撐着身體，
對你說：「扶我，作我引路的光，
一步一步，走過這片野地。」

科學家的預言，星星的故事，
在路上我們已一一忘記；
我們更愛惜那燃燒的火球，
它這樣孤獨地守護太陽系。

重訪南生圍

那年冬天我們走在田埂上，
步履輕盈，像一對海鷗
乘風高舉；天空清涼如水，
候鳥棲息在溫暖的林藪。

大雨梳洗着岸邊的蘆葦，
田地的雜草撩撥我們的腳跟；
河水漲落像歸途上的心情，
黃昏的渡頭仍看不見市鎮。

濕地的蛙聲，泥灘的鳥影，
年輕的日子，愉快地吹着口哨——
尤加利樹張開擋雨的傘子，
遠山微雲是魚塘裏的畫稿。

船夫把夢搖過了渡口。
一對年輕人牽着手走上小徑，
走入南生圍的水色，遠去，
像那年我們依依的背影。

時間的廢墟
　　——地震後十年答問

在一堆倒下的瓦礫中
我撿回三隻折斷了的手指。
如今它們敲鍵盤的速度很高，
老在等候我已鏽蝕的記憶……

狗吠。山在咆哮。我卻啞掉。
課室那邊彷彿傳來一陣朗誦聲；
鄰家小妹遺下一隻繡花襪子，
表弟在一條屋樑下沉睡不醒。

這是宇宙的一場遊戲，
還會持續好幾萬年——
地震孵出一個時間的廢墟，
每個人在裏面撿拾自己的殘片。

如今我不用睜着眼睛做夢，
磚石和鋼骨打造我的樓房；
花園開滿紅玫瑰和白玫瑰，
白鷺在清澈的河面上滑翔。

雨水掠去世界的色調

像病人額上的一塊冷毛巾，
一片烏雲橫亙在城市的半空；
止不住高熱，卻宣佈這一日
世界會變得單調和矇矓。

雨來時它撲向移動的傘子，
像要吃掉一枚又一枚蘑菇，
吞沒了黝黑、雪白和橘紅；
夜了，再吃掉霓虹燈和公路。

挾着狂風推倒綠樹，用沙泥
把本已污穢的道路染黃。
世界也許將毀滅於火或冰，
綿延的雨季把我們置於蠻荒。

我在房子裏久坐，忘記了
飢渴，無意等待風雨的平靜。
桌上一碟失去光澤的青瓜
寂寞地餵飽了我的眼睛。

歲暮

沒有一根松針在冷鋒的指揮下演繹
去年的聲籟，薄暮無聲在港口下錨。
最後的離船者走入一塊殘餘的綠化帶，
面向一棟灰土牆。

冬至後，夜的衣襟短了，藏不住夢的裸軀，
馬蹄聲依稀，在城裏的暗角遺下一串空階，
一隻迷羊在悲嘶，身體像夜色一般漆黑，
落入幽林的陷阱。

在意識的邊陲，你掙脫被褥的餘溫，
把北窗關緊，撲滅了一聲響亮的咳嗽，
黎明的亮光偷進簾縫向四壁呵一口暖氣，
缺月沉埋於天邊。

故事在哪裏錯接才不會終結，當潮汐未息？
鳥聲把夜幕一片片啄亂成樹影，一頭霜髮
獨對窗外的疏林：鳳凰木已禿了頂，
燃燒的或是紫荊。

詩作定稿日期

詩作定稿日期

作者詩歷

1978 詩作獲第五屆青年文學獎新詩高級組首名
與友人合組新穗文社，出版文學刊物

1981 詩作獲中文文學獎新詩優異獎
詩作選入《當代中國新文學大系》（台北：天視）
主編《新穗詩刊》（1981-1986）

1983 出版詩集《書架傳奇》（香港：新穗）

1986 詩作獲香港大學文社主辦新詩推薦獎

1989 與姚學禮合編《香港當代詩選》（北京：人民文學）

1990 詩作選入《中國新詩名篇鑑賞辭典》（成都：四川辭書）

1992 出版詩集《如果時間可以》（香港：新穗）
詩作選入《八十年詩選》（台北：爾雅）

1995 出版詩集《秋橘》（香港：香港青年作者協會）

1996 英譯詩作選入 From the Bluest Part of the Harbour: Poems from Hong Kong（香港：牛津）

1998 詩作選入《二十世紀中國新詩選》（北京：大眾文藝）

2001 詩作選入《中國新詩萃（台港澳卷）》（北京：人民文學）

2004 出版詩集《疑問》（香港：匯智）

2005　《疑問》獲第八屆香港中文文學雙年獎新詩組推薦獎

2008　出版詩論集《情之理 意之象》（香港：匯智）

2009　詩作選入《兩岸四地中生代詩選》（北京：作家）

2011　詩作選入《香港當代作家作品合集選》（香港：明報月刊）及《寧港詩選》（香港：紙藝軒）

2013　詩作選入《大海在其南——潮港詩選》（香港：紙藝軒）

2016　與友人成立南溟詩社

2019　出版詩集《有情風景》（香港：匯智）

紙上的風景與精神的拼圖
——談陳德錦詩歌中的風景意象

吳長青

　　傳統詩歌特別是古典詩歌將風景的書寫推到了一個極致，若干風景意象已經約定俗成，今人已很難逾越這道美麗的屏障。當代詩人們大多選擇迴避或者繞開，即使繞不過去，必定要作費煞苦心的技術處理或是策略性的調整，這番顛覆性的經營往往是為了獲得一片內心的新風景，以區別古人那舊時的風景。事實是，那舊時的風景已經積澱在人們的精神暗影中，任憑洗影液怎麼擺佈，似乎都難以銷蝕人們那心頭的一抹弘光蒼翠的印痕。

　　香港詩人陳德錦是個對風景不離不棄的人，綜觀他的詩歌意象，風景於他的心靈，彷彿是一種互生對應的關係。絕不機械因襲傳統，以風景起興或是寄興於風景以為開啟言說的楔子。

　　(一) 作為直接抒寫對象的風景，是對現實觀照的絕妙隱喻。在其〈相對論〉中，詩人直接將風景置於問題的前提，它也是解決所有難題的鑰匙，更是重啟前程的引擎。

不要在日落時回顧身後的風景

雪融後還要訪尋春草的消息

夢是一種隱花繁殖的藻

在現實平靜的水底最易生長

一張白紙本來沒有風格

除非筆和墨開闢了乾坤

你用詩的喜悅造了一枝槳

詩在寂寞的對岸苦苦等你

（《如果時間可以》，陳德錦著，

香港：新穗出版社，1992 年版）

  每個人對於身後的風景，都是值得令人回味的，無關喜與悲、成與敗，況味之下的感慨會成為掣肘人前行的阻力，人極易會在身後的風景中迷醉與流連，「夢裏不知身是客，一晌貪歡」、「兩岸猿聲啼不住，輕舟已過萬重山」，既定的景致總是讓人在不知不覺中形成了一種慣性的思維，進而喪失了向更為燦爛的未來進發的熱情。詩是剪裁舊風景的刀刃，也是描畫新風景的筆，詩是破解人生難題的

導師，也是營造美妙人生的天使。詩是主體也是客體，甚之於夢對於人的日常生活的裝飾，筆、墨對紙存在的價值。詩更具靈魂和質感，須跨越生活的無邊海洋才能獲得詩帶給人的愉悅與超然。〈相對論〉可以説是詩人自己直接對詩的禮讚與本質的探尋。所謂詩的「相對」恰恰寫出了「詩性」的絕對，生活中某些因素的絕對。沒有這些絕對的因素，何來「相對」。因此，在「相對」之外，讓我們看到了妙不可言的「絕對」。這也是現實的機械與刻板的另一面。詩人帶着審慎的辯證與幽默的刻薄，突破了常態人生的一種關於如何飛翔的難題。

朱壽桐先生這樣評價陳德錦的詩：「香港詩人對都市裏的一切風景都樂意去歌吟，同時也進行詩性的反思。陳德錦的〈霜降前的一個黃昏〉對香港都市黃昏景象做了如此精細的詩的研磨：『如果世界在旋轉中已走到黃昏／我們不過是落在它時間的磨坊中／慢慢被磨碎，被掉進黑夜的秕粒／而這一家，那一戶，暖烘烘的燈火／終會變成四壁洞黑的暗室……』這樣審視的都市風景，是在現代主義感與中體味出來的香港意趣，有新異，有酸澀，有精彩，有痛楚。」[1]

陳德錦的風景遠非停留在恆定的畫面，他從事

物的矛盾出發，通過對風景連續不斷解構和破壞，以致達到建構新的風景，例如在〈秋橘〉中有這樣的一幅流動的景致，甚至跨過了季節。

我們往日的一次笑容／一次偶然對天空的仰望／都變成不復出現的彩虹／下雨的季節不在心上／我們的心成熟，霉爛／／像霜風搖落的一枚秋橘／給遙遠的過路人觀看／曾經，在枝上深藏不露／／當樹枝再承受不起壓力／就飄然而下，隨風輕颺／把空間讓給蟲，讓給鳥／我們的過去是樹的影子／是路人感受到的清涼／是腳下不斷生長的青草

詩人以秋橘來觀照人，觀照我們自己。秋橘的搖落是自然的結果，而對於樹，果實是極為矛盾的。肯定中暗含着否定，否定中需要肯定來確立自己的合理性。在事物的普遍聯繫中互為前提，也互為依存與制約。當時間主體承受不起時，難免會造成一種殘局和落寞，甚至衰敗與死亡。誰都禁不起時間的審判，哪怕再美的空間都會沉陷與枯寂。以空間見證了時間的摧枯拉朽的力量，我們的過去一定會是那麼一個秋橘，也只有它見證了我們的過

往。沒有盛放時間，空間也就失去了存在的意義。這樣的悖論無時不在提醒我們自己的存在，我們那些曾經為之燦爛的輝煌過去也在遭受着來自荒謬與悲情的責難與拷問。詩人對於風景的認識已經化為了一種難以擺脫的情感，並伴隨着這種情感，建構了一幅新的風景的場域，並在精神中持續發酵、發力。

詩人自己也曾這樣判斷詩歌：「詩本質上是一種情感語言。情感的根源、方向，形態都不是單一的，生活中種種進入詩人心靈的印象，積久而成記憶和情感傾向。寫詩和讀詩的價值視乎情感的價值。情感價值的取向應該鮮活、深遠、真實。一切藝術形象和形式的創造，是對這種價值的審美認識和實踐。」[2]在他的〈極目十四行〉中將這種情感再次推向一個高峰：

跨過世紀的荒郊我停下來歇足，

馬路盡頭一棵樹在草叢中兀立；

出水的芙蕖在心頭蕩漾又隱蔽，

郊野一陣鴉噪浮起了一片薄暮。

時有急風吹過林梢帶走了宿雨，

極目處一隻灰鳥繞樹上下蹁躚，

目倦之際想像紅霞蘸染着天邊，

不走上這山頭不知道已無前路。

堪將這殘餘的景色寫進詩卷裏，

人跡渺然仰見星光微芒的照耀，

事實豈非鎂燈氾濫在污染月桂？

日落或黃昏才是最完美的收筆；

蕭蕭風雨荒郊只剩下一隻鷓鳥，

條陳滿腹的哀怨向世紀的邊陲。

（《圓桌》第 35 期）

這是帶着蒼茫的大氣象、大格局，這道世紀的
風景超越了個人，也具體超越了一個族群，而是一
種宇宙觀。在我看來，這是一個道家的哲學風景。
黃昏與日落，大地的寂靜是定格的風景，那份孤獨
的哀怨則回應了世界的本源。

在〈落葉向秋天投了票〉中依然能夠見到這樣
闊大而又昂揚的風景：

今天選舉日，你會看見／落葉紛紛蜂擁向秋天／
樹枝用乾瘦證明自己的靈魂／雲很高，鴿子和
老鷹很忙／每一塊石頭都蠢蠢欲動／走入雲和樹
的嘉年華

（《疑問》，陳德錦著，
香港：匯智出版有限公司，2004 年版）

作為現代詩歌的實驗場，詩人大膽而又熱烈的情感得到了檢視，對風景意象的深刻書寫同時也是對語言的一次挑戰。誠如陳實早在上世紀晚期就對香港的詩歌下了這樣的判斷：「中國當代詩歌中的各種話語都有可能將香港詩歌作為實驗場，形成各種聲音的永恆變奏。」這與有着深度情懷的陳德錦這樣的詩人的努力與建構分不開的。[③] 這也是香港詩歌能在今天的華文文學寫作中有着重要的地位及依然有着千絲萬縷的聯繫。

(二) 在風景的建構中確立「人」的主體意識，是由傳統的「發現」向「重塑」的跨越。在這方面已經有很多人都做了有益的嘗試，陳德錦的詩歌補寫了香港文學史不足。在〈羅丹〉中有這樣精彩的詩句：

那些扭曲的線條必定曾經／把你的魂靈狠狠地鞭撻／同樣你要看透事物的魂靈／甚至骨骼，也像思想低聲說話……而風中的霜雪，無根的蒲公英／你是否一樣紀念和珍惜／為蒼白的飛絮雕塑大地的旅程？

詩句美妙在於對日常的詰問，詩人並不因宏大而排斥卑微的細枝末節。那些震撼人心的正義成為雕塑家的的素材，這與詩人對於宏大問題的處理不正構成了一種互文？與其說是對雕塑家的詰問，不如看成為詩人對自我的一種追問。這是一種詩學的反思，也是自我提升的一次理性的對話。

在〈向日葵的獨白〉中，我們更能體驗到詩人一種超然的反思力和批判力：

何必終日俯仰，為一個／躲在烏雲背後／讓浮幻的水氣和塵埃阻嚇／走不出軌跡的太陽？／地球的另一面／是烈風摧枯的黑夜／——永不屬你的領空／在於有誰敢站起來／挺起一團發光的黃蕊／照射那層層黑潮的海岸／在四周漩渦的中心／在枯萎和更生的過程裏／我，堅立為燈塔

（《書架傳奇》，陳德錦著，
香港：新穗出版社，1983 年版）

我以為這是無聲的宣言，更是一種獨立精神的確立。這樣的風景一定是獨一無二的，更是獨樹一幟，微言大義。透過詩歌的語言，看到了一個倔強而又桀驁不馴者的鬥士的形象。誠如詩人自己所

言：「最簡潔的語言不是蒼白無力的語言，反之，它是有聲有色、能動能跳，能牽動感情、啟發思考的語言。」④在這種簡潔中塑造了人心靈中獨到的心靈風景，正是在這一片風景中看到了獨特的人生景致。

詩人對於人的「主體性」的「重塑」建立在對於無形的心靈的風景的塑造之上。在其〈陰性書寫〉中這樣寫道：「天使的語言是隱秘的／沒有一個女人能明白／但你知道，先知／倒塌的石頭埋藏了我的過去／我的童年在火光中成灰／／曾經，和母親在河邊浣衣／和同齡的姊妹採摘橄欖葉／為遠行人洗去腳上的塵埃／以安然，靜默的眼光／解除羔羊臨死的恐懼／／先知，我知道有一天／你的心將會變成女性／你會開始陰性的書寫／關於一個沒有名字的女人／一塊死海的石頭」。這是怎樣的一種抉擇啊。在詩人的眼裏這位不聽天使的話的羅得的妻子，她對所多瑪城的回望，是一種植根於心靈的那份對於土地和生活過的日子的深情緬懷，儘管被上帝變成一根鹽柱。但在詩人建構的人性的風景中完成了一個悲壯的殉道者的形象。古遠清評論陳德錦的詩認為：「他的作品沒有彩色繽紛的比喻，沒有故作艱深造作，有深沉凝練的質感，而無粗製濫造的輕浮。他還講究

密度、速度、歧義和聯想性，能從排列、音節、意義的互相交錯中產生美感。」⑤〈聖誕樹——十四行〉稱得上是這方面的代表：

只有雪的韻律曾經溫柔地／洗過並且漂白我的皮膚／一棵移植的冷杉：只有回憶／可以叫它從鐘聲裏醒來。／卸下那累累的彩球，我便回到／一個春泥和巖石的高度。

（《書架傳奇》，陳德錦著，
香港：新穗出版社，1983 年版）

這是何等的冷峻，也是對偽飾的解嘲和自我解脫的告白。沒有對自我的逼視和慎獨，這樣的自覺是很難上升到一種精神的高度。這樣的「重塑」其實是對自我價值的重新確立，或者是對人的精神建立提出了更高的維度。也只有借助詩歌這樣的語言形式才能夠完成這樣的重大使命。「……設若塵世是一場永無休止的捕獵／你會滿載幻象而歸，你會再次去追尋／自我：醉的是你，清醒是你的靈魂」。（〈馬勒〉1996.1.2）這也許是詩人最為直接的心聲，也是呼喚。

總之，詩人對於風景意象的直接抒寫與間接

的建構，既是對傳統的繼承，但又不囿於傳統的約束，能夠大膽跳出既定的思維，直接建構精神的圖景，特別是對虛設的精神風景的建構，創設了新的形象，也探索了詩歌對於風景建構的最大可能。無論是對於詩學本身還是詩歌研究的學術意義都是不拘一格的。

注釋：

① 朱壽桐：〈論漢語新詩發展格局中的香港新詩〉，《天津社會科學》，2013 年第 5 期。

② 〈詩觀〉，見「陳德錦作品選刊」，《亞洲華文作家》雜誌，第 27 期。

③ 陳實：〈永恆的變奏 —— 香港詩歌話語方式的轉變〉，《廣東社會科學》，1997 年第 6 期。

④ 陳德錦：〈中文文學獎散文獲獎作品總評〉，《香港文學》，1999 年第 2 期，24 頁。

⑤ 古遠清：〈香港新世代本土詩人〉，《江漢大學學報》（人文科學版），第 27 卷，第 4 期。

＊ 本文原刊於《圓桌詩刊》第 44 期，2014 年 6 月。

責任編輯：羅國洪
封面設計：蕭雅慧

有情風景

作　　者：陳德錦

出　　版：匯智出版有限公司
　　　　　香港九龍尖沙咀赫德道2A首邦行8樓803室
　　　　　電話：2390 0605　　傳真：2142 3161
　　　　　網址：http://www.ip.com.hk

發　　行：香港聯合書刊物流有限公司
　　　　　香港新界大埔汀麗路36號中華商務印刷大廈3字樓
　　　　　電話：2150 2100　　傳真：2713 4675

印　　刷：陽光 (彩美) 印刷有限公司

版　　次：2019年9月初版

國際書號：978-988-79782-1-3

香港藝術發展局全力支持藝術表達自由，本計劃
內容並不反映本局意見。